안 봐도 비디오

박희준 시집

안 봐도 비디오

달아실시선
69

달아실

보조 용언과 합성 명사의 띄어쓰기 등 본문의 맞춤법은 시인의 의도에 따른 것임.

시인의 말

연체료는 나를 움직이는 연료다

2023년 가을

박희준

차례

안 봐도 비디오

Take2. 좋은 소식과 나쁜 소식

Take3. 시작과 동시에 커튼콜

Take4. 120분의 엔딩 크레딧

Take1

주인공이 먼저 죽는 영화

에필로그

무용한 몸통을 관통하는 어떤 것

무대에 오르지 못한 대사를
읊조리는 것

아는 것을 안다고 말할 수 없는 것
자취를 감춘 양말이
복도를 걷도록 내버려두는 것

싸움이 더 커지기 전에
창문을 닫을 것
끝나지 않는 것들은 언제나 아름다울 것

부풀어 오른 자의식을 터뜨릴 것

충만해진 죽음을 기꺼이 신부로 맞이할 것

영원을 약속하지 말 것

푸른 번식 1

구멍에는 문이 없다
문은 닫힌 구멍이다

방황한 적 없는
동물성에 대한 본능 없이
이를테면 캄캄한 눈썹 같은

어둠은 밤이 키워낸 예리한 발톱,
담뱃재처럼 건조한 목소리들
대합실 천장에 푸른곰팡이가 번진다면
잦은 기침에 병의 이력이 떠돈다면

시선으로부터 추방된 자들
쉴 새 없이 밤을 갉아먹으면
지하상가 생선가게처럼
번식에 실패한 지문이 자라난다

방은 또 하나의 방으로
문은 또 하나의 허공으로

숨소리를 지우는 작은 목소리들

아무데도 아닌 곳에서
아침은 시작된다

들쥐는 구멍에서 실종된다

푸른 번식 2

이것은 지문입니까

네모 속엔 또 다른 네모가 가득합니다

나는 당신의 방에 갇혔습니까

창문은 필요 없습니다 네모는 이미 충분합니다

당신은 가까이 있습니까

견고한 레고 블록, 무너진 모래성

우리의 지구본에 찍힌 수많은 지문들은

파도에 휩쓸려 갔습니까

당신의 눈썹 속 점처럼 까맣게,

술래 없는 숨바꼭질같이

속고 속이는

이것은 얼굴입니까

선데이 대전
— since 1988

첫경험
매춘의 역사
늙은 창녀의 가슴
곰팡이 흐르는 모텔 벽지
엷은 화장 유순한 다리
나를 따라하지 못하는 거울 팔 없는 인형
돌려받은 선물 TV에 나오지 않는 연예인
녹슨 십자가 유행 지난 청바지 바닐라 우유
소금을 넣은 아메리카노 매 맞아 죽은 아이들
꼬리 없는 고양이 앙상한 철근 게릴라성 호우
푸줏간에 걸린 고기 눈이 먼 개 늙은 암탉
잊혀진 사투리 19세기의 억양
협상의 기술 라디오의 종교
빠르게 넘긴 소설책 부러진 연필
단어와 단어의 교미 망설임의 윤곽
그러나 끝없는 질문들 환절기의 배후
시를 굽는 화로 뜨거운 울음 오래된 말의 냄새
너의 조각 굳게 닫힌 현관문 아무도 울지 않는 밤
바다로 가는 기차표 지갑 속 첫 명함
첫 시 구겨진 편지지 깨진 휴지통
빌려 온 노트북 오후 3시 하모니카　　　발자국 멍
처음 가본 밤바다 흩날리는 폭죽가루
네가 싸온 도시락 둘만 남은 벚꽃 축제
짧은 만남 두꺼운 사진첩 길게 쓴 편지
새벽 4시 불 켜진 방 먼지 앉은 스탠드
사소한 농담들 놀이터에 묻어둔 편지
볼펜의 습관 아버지의 뒷모습 눈물자국
생일선물로 받은 MP3 친구의 핸드폰
바람의 살갗 첫 키스 함께 걷는 공원
햇살 좋은 교정
둥근 교실

물려받은
교복

한글의 위대함

7살 한이준 어린이의 첫 고백. 아이는 슬프지 않아도 눈물이 나는 법을 배웠다.

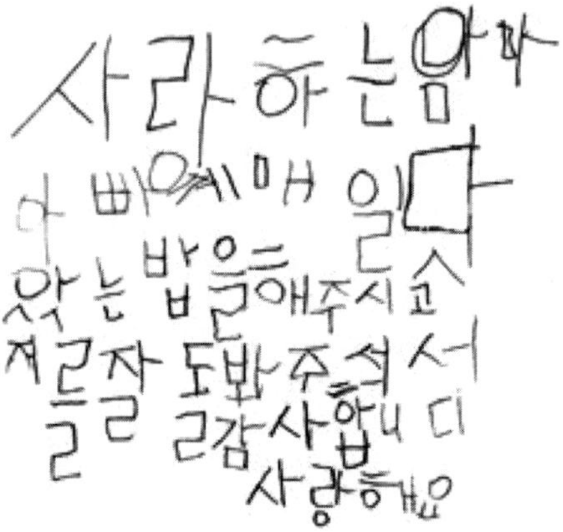

글밥을 먹지 않아도
배부른 문장이 있다

사랑이라는 말을
가장 무해한 형태로
나열하고 싶다

뜻밖의 고백에도
놀라지 않는 법을 배우고 싶다

오랜 허기를 달래주는
올곧은 문장이
여기 재잘대고 있다

CCTV

1

당신은 좋은 시가 무엇인지 깊은 고민에 빠져 있습니다 일반적으로 좋은 시란 독자의 눈높이에 맞아야 하고 지적 감성적 수준에 부합되어야 합니다 일상에서 지나치기 쉬운 것들을 끌어와 새로운 시각으로 바라볼 수 있어야 하죠 사물의 아름다움과 생명의 가치를 일깨워주어야 하며 형식과 내용이 조화를 이뤄야 합니다 시는 어떤 장르보다 짧은 형식으로 인생의 심오한 의미를 담고 정서적 순화 감동을 주어야 합니다

2

문장이 작으면 무거운 쪽으로 기울기 마련이고
시어가 어중간하면 독자를 외면해야 합니다
시가 비대해지면 한 시대를 짊어질 수 없겠죠
처음부터 계속 지켜보고 있었어요
그러니 그냥 내버려두면 안 돼요?
아니아니, 버리진 말구요

3

기대지 마세요 병 걸린 문장입니다
시 아니에요 기대하지 마세요

4

그물에 걸린 문장은
시에 쓸 수 없습니다
햇볕에 잘 말려두세요

각주의 정의

방[1] 가운데[2]
돌[3]이 있습니다

돌[4] 아래[5]에 돌[6]이라고 적습니다[7]

이제 이것은 돌입니다[8]

---

1 아버지가 방에 들어갔는지 가방에 들어갔는지 아직도 모르겠다. 가격이 천차만별인데 모로 가도 서울만 가면 된다고 했던 사람들은 빚더미에 나앉게 됐다. 꼭 들어갈 필요는 없지만 굳이 궁금하면 들어가 보는 것을 추천한다. 이것은 궁금한 것이라면 사족을 못 쓰는 시인이 사족을 쓰는 광경이다. 가구로 막으면 잘 열리지 않기로 유명한데 학계 정설은 걸쇠를 걸거나 잠그면 된다고 한다. 성인이 되면 꼭 가지고 싶어 하는

경향이 있다. 혼자만의 시간을 즐긴다는 것은 성인이 되었다는 증거니까. 두말하면 잔소리, 안 봐도 비디오다.

2 둘로 나뉘어야 존재한다. 하나론 부족하다. 출처를 밝히지 않아서 표절이 되는 형국이다. 주로 12시에 출몰한다. 낮인지 밤인지 정확한 정보는 없다. 강제 규정이 없고 번거롭기 때문에 굳이 용도를 구분하지 않는다. 문맥과 일맥상통하지만 주제와는 동떨어진 경우가 많다. 참 거시기하다. 이도 저도 아닌 내 거시기를 닮았다. 곧추세우고 똑바로 자세를 고친다. 무슨 짓을 해도 앞뒤가 맞지 않는다.

3 이름이 너무 많아서 한 글자로 줄여서 부르기로 했다. 요즘 유행하는 말 "있었는데요 없었습니다"라는 말로 대체할 수 있다. 아이가 집어 들면 위험하다고 착각하는 경향이 있다. 사람을 죽일 때 사용한다는 건 구시대적 발상이다. 부서지기 전이 가장 아름답다.

4 아직 깨어나지 않은 짐승이다. 그래야만 3)의 논리가 성립된다. 구차한 변명도 자꾸 언급하면 진실이 된다. 문장 안에 문장을 가둘 때 유용하다. 문화권에 따라 다르지만 아주 비싼 값에 팔리기도 한다. 어떤 단어는 몹시 자유롭기 때문에 깨뜨리는 것은 몹시 위험하다.

5 "각주를" "길게" "쓰는" "시인들은" "참고" "바란다". 이것은 표절이 아니다. 따옴표가 분명히 달렸지 않은가. 참고 또 참아라. 오랫동안 바라면 바라는 대로 이루어진다. 헛소리가 너무나도 명징해서 또 하나의 각주가 되었다. 출처 표기를 하지 않아서 완벽한 문장이 되었다.

6 이제 더 이상의 각주는 무의미하다. 앞에서 언급했기 때문이다.

7 아무도 읽지 않을 걸 알면서도 쓴다. 무의식의 세계에서 출구를 찾는 것은 매우 어렵다.

8 할 말이 없어도 사람들은 계속 말한다. 어색한 분위기가 싫어서 계속 말한다. 시인은 시인하는 사람이라고 말했다. 아무도 반박할 수 없는 이 논리는 이제, 없다. 방에는 늘 돌이 있다. 그러나 나의 돌은 이 세상에 없다.

뇌의 전족纏足

자라나는 걸 막기 위해
시집을 묶었다

종이에 씌여진 혐의와 혐오
경주마처럼 내달리는 가해자와
반향실에 묶여 있는 피해자

걸을 수 없는 문장들이
오랫동안 사육되었다

절뚝이는 단어들이
목발을 짚고 돌아다닌다

깎고 또 깎아도
손톱은 더듬이처럼 돋아났다

데드 캣 바운스

고양이는 반등한다
비록 높은 곳에서 떨어졌다 할지라도

입구에서 들려오는 울음소리는 우리가 한 약속,
번식장에 시뻘건 눈동자가 너무도 많다

너도 무언가를 잃어버린 적이 있었니
골목에서 사라진 고양이는 골목에서 찾아야지
그것은 아주 단순한 논리

어렵게 매도한 사람들도 쉽게 손절한 사람들도
쓰레기봉투 안에 당신을 욱여넣는다
이것은 죽지 않고 자꾸만 살아서
유기되는 기분

꿈속에서 꿈을 꾸고 있나 보다

이제
나쁜 피를 흘려보내도 되겠다

나는 자주 역을 지나쳤다

그리고
터널 속에 터널이 있다
궤도를 이탈한 의자의 모서리들
손잡이는 뒤틀리며 휘어지고

흩어지며 포개지는 사람들
발바닥의 맥박이 들린다면
우리가 터널 밖으로 나간다면
또 다른 의자를 만들 수 있을까

사이의 감정과
사이의 얼굴과
사이의 반복과

바퀴에도 각이 있다
나는 준비되지 않았을 뿐
아무도 알아보지 못할 것이다

거대한 그늘 밑

비행을 준비하는
앞뒤가 없는 활주로

나는 자주 책상을 지나쳤다

책은 눕지 않는다

책이 누우면
잡아먹히기 십상입니다

짝짓기하는 누우를 봅니다
애를 써야 애를 낳죠
누우 떼 사이에는 누우가 눕지 않습니다
누우는 누우하고 울지 않습니다

방금 출간된 책이 다시 나무가 됩니다
나무 사이로 안전하게
누우 떼가 지나갑니다

책장에 몸을 누인 책은
누우 누우하고 웁니다

시인의 말

승마를 배운 적은 없지만
한 번쯤 타보고 싶은 말

말 같지도 않은 말로
제자리를 빙빙 도는 말

해야 할 말을 놓쳐
끝끝내 내뱉지 못한 말

미안하다면서
안장을 내어주는 말

돌아서는 발끝에
곰팡이로 피어나는 말

끝끝내 시들어가면서도
해야 할 말

불을 삼킨 개구리

시 덥지 않은 말로
시 답지 않은 말을 내뱉을 때
나는
불을 삼킨 개구리
오독오독 씹으면 말랑해지는
연화된 문장들이 펄쩍 뛰어오르고

의식의 눈을 찌르는
무뎌진 짐승의 이빨이 흔들리고 있다
이것은 구강 내에 체온과 타액이 적절히 배합된
파충류의 식습관

태연하게 태어나면서
기꺼이 기꺼운 마음으로
보편적인 죽음을 초연하게 받아들이면서

죽은 자는 할 말이 많다
시쳇말을 시치미 떼며 낭독하는 밤
녹아 없어지는 건

말이 눌어붙은 흔적

물을 아무리 흘려보내도
수챗구멍에 들러붙은 구더기 떼는
떠내려가지 않는다

비슷한 것들이 똑같은 것을 잉태한다
불은 개구리를 삼킬 수 없다

비대해진 고환에
올챙이가 가득하다
나가지 못해 살처분된다

프롤로그

장례식장에서 태어날 것

문을 열기 전에 속단하지 말 것

절필한 작가와 친해질 것

아침에 일어나 수면제를 복용할 것

죽은 사람 번호는 반드시 지울 것

문장을 가로질러 밑줄 그을 것

무성 영화를 보면서 신음할 것

접어놓은 책날개가
스스로 펴질 때까지

기다릴 것

Take2

좋은 소식과 나쁜 소식

겨드랑이 갤러리*

저는 성적 감수성 과잉
이상 성애자입니다
오타쿠현 페티시 시민권자죠

제 얘기를 들어보세요
누구나 이상을 품고 이성을 꿈꾸잖아요

그래서 전 사람을 볼 때 겨드랑이를 먼저 봅니다
벌리면 드러나고 오므리면 안보이고
털도 나고 물도 나옵니다
(세상에 이렇게 완벽한 부위가 또 있나요?)

인중처럼 드러난 곳도 아니고
팔꿈치처럼 뭐에 받치는 용도도 아니고
아주 은밀한 구석이 있죠

깊이 알수록 사람들이 왜 기피하는지 알 수 없습니다
때론 쿰쿰한 냄새도 나고
주름은 있지만 근심 걱정도 없고

세계 암피트 페티시 포럼에도 게재되었는걸요

부디 존중해주시길 바랍니다
고기 특수 부위만 즐겨 먹는 사람도 있잖아요

꼬박꼬박 세금 내며
페티시에 거주하는 한 사람으로서
이것은 공공재라고 힘주어 주장하는 바입니다
스스로를 위로하는 데 힘이 되어주니까요

본 시가 청소년에게 노출되기 부적합한 단어가
포함되어 있습니까?
겨드랑이는 누구에게나 있는걸요

불편해요?

* 겨드랑이를 주제로 하는 디시인사이드의 마이너 갤러리. 음란물, 도촬물 등의 정보통신법 및 기타 법률을 위반하는 자료들은 절대 취급하지 않는다고 적혀 있다.

바리새인

구멍이었다 전속력으로 넓어지고 있었다 너의 증상은 그러했다 최초의 불안은 너에게 대물림되었다 너는 거기서 죽었다 너의 죽음은 날개가 없었다 나는 너를 더듬는다 되돌아오는 소문에 의미를 부여한다 날이 밝도록 기도를 끝내지 못했다 가까스로 서로를 이해하기로 했다 출구가 없는 입구를 찾는다 욕망의 꼬리는 길었다 뼈의 행방을 알 수 없었다 그곳엔 몸짓만 있었다 너는 말이 없었다 나도 그랬다

룸, 서비스

사람들은 소문처럼 몰려왔다 거칠게 다룰수록 좋아요 그녀는 말했다 코너를 돌면 방이 나오고 문이 나오고 방 안엔 또 문이 있다 찢어지기 위해 포장된 비닐처럼 허물을 벗고 모두 같은 침대에서 같은 자세로 알을 낳았다 바닥에는 잊어버린 것들과 잃어버린 것들이 자꾸만 태어났다 질펀해진 바닥을 핥으면 혀가 아렸다 어둠 속에서 우린 분명 마주보고 있었다 꼬리는 우리가 가진 최초의 감정, 까칠한 비늘이 벗겨질 때까지 씻었다 잘린 꼬리가 몸부림치며 바닥을 더듬는다 사람들은 소리 없이 사라졌다

우유는 건강해야 한다

개봉 후에는
재활용만 생각하기로 합니다
몸 안에 고여 있는 정액이
저온 살균된 치마를
들추는 순간입니다
균형 잡힌 연애를 위하여
가급적 빨리 드시기 바랍니다

유통 기한 상단에 표기
얼굴을 천천히 뜯어봅니다
소비 기한이 길수록 좋습니다
원산지에 속지 마세요
브랜드는 묻지 마세요
반대쪽으로 여십시오

본 제품은 소비자 분쟁 해결 기준에 의거
완전식품이 아닌 것을 밝힙니다
마셔도 마셔도 갈증이 나는 이유입니다
누군가 태어났습니다

교환 또는 보상받을 수 없습니다

우린
모텔 앞에서 헤어졌습니다

휴지는 휴지통에

고시텔

젖은 식욕이 필요하다
잠들지 않는 혀가
온몸이 아가리인 방을
힘겹게 횡단하고 있는 것이다
바다에 핀 곰팡이는
매립지에 서서히 번식할 것이다
이웅과 영의 손익 분기점을 찾아야 산다
그곳에서 창문은 병들고
성에가 끼고
다시 흘러내릴 것이다
정착한 것들이 항로를 찾고
익숙하지 않은 곳에서
잠들어 있을 것이다

나는 샤워할 때 오줌을 눈다

밖에선 안 보이지만 속이 훤히 들여다보이는
우리는 그곳에서
어지럽게 체위를 바꿉니다

노랗게 익은 오줌처럼
부족한 만큼 넘칩니다

반투명 벽지가 조금은 짙어진 밤이에요

질 좋은 질을 구입한 사내가
박제된 곤충처럼
긴 혓바닥을 문 앞에 걸어둡니다

지난한 순간들이
지난 한 순간으로 유통되는 순간입니다

아무도 없기에 아무것도 없습니다

개모임

시작은

쌍팔년도 영웅담이었다

소문과 추문을 버무려

함부로 씹었다

모교 담벼락은 허물어졌고

소주잔엔 이끼가 자랐다

늘 등장하던

십팔년은 죽지도 않았다

우리는 교복을 벗었고

비늘이 벗겨진 회는 야릇한 자세를 취했다

털갈이를 마치고

골목에 웅크리고 있는 차들

주차 위반 딱지가 누렇게 눌어붙는다

남의 집 담벼락에 오줌을 갈기는

우리는

겨

개나 소나 사투리로 시 쓰니
니도 한번 써보라고 하는디
우짜까
사투리로 사투를 함 벌여봐야 쓰겄는디
이? 그람 나도 개나 소여?

아무튼 간에 말여
시가 뭐라고 그래쌌는가
허구헌 날 앉아서 뭐헌다냐

시방 쪼매 끄적이나 했더니
뭐시여
갑재기 왜 그랜겨
이 그래서 그랜겨
이 그랬구만
시 쓰는 거 여간 대간한 게 아니여

어디까정 써야 쓰겄나
원래 쓰거운 게 몸에 좋당께

저 저 가생이만 빙빙 돈께 안 써지지

대번에 알아들었음 좋겄는디
매갈없이 쓴 건디
결국 또 이 모양이구만
이것도 무신 소린지 모르겄지
요즘 것들이 다 그려

엔간하야 말이지
말해 뭐햐
오늘따라 쪼끔 저기하네
참말로

겨 아녀

아가씨는 주어고, 아저씨는 목적어

대사가 없어도 자막은 흘러나오니까

마음대로 해도 된다고 해서
마음먹은 대로 다할 순 없는 거잖아요

인사를 받아주지 않는다고 해서
모르는 사람은 아니잖아요

우리의 대화는
몸을 섞을 때
더욱 또렷해지니까

같잖은 아저씨와 같지 않은 아가씨는
침대 위에서 박제됩니다

죽은 척할 때
비로소 완성되는
대사

언제 밥 한번 먹어요

밥이 주어인 걸까 주식인 걸까
우리는 왜 빠져 있을까
언제는 누구일까
네 명이 앉을 자리에 두 명이 앉은 것처럼
방금 식사를 마친 사람도 쉽게 건네는 인사

유통 기한이 긴 말을 골라
빈 그릇에 덜어놓는다

길게 뻗은 식탁에는
허기를 달랠 것이 아무것도 없다

방에는 늘 나 혼자였다

Aufheben

남자와 여자가 있다
남자가 여자가 되기 위해선
남자는 남자를 그만두어야 한다

남자가 남자를 그만두는 순간
남자는 남자가 아니게 되고

남자는 남자 속에 남은 남자를 지웠고
남자는 남자일 수가 없게 되었고

남자는 또 다른 남자가 될 수 없었고
남자는 남자였을 때의 기억을 남겨두었고

남자는 남자였을 때보다 조금 남자다웠지만
남자는 여자가 가지지 못한 것을 가지게 되고

남자는 남자를 그만두었고
남자는 남자일 때의 기억을 잊을 수 없고

남자는 남자일 수밖에 없고

여자는 여자를 그만두어야
남자가 되고

오후, 네 시

네 시를 보면 애매해 밤에 길들여진 시곗바늘은 가늘게 떨고 있었어 다행히 발자국은 남기지 않았지 방향은 중요하지 않아 딱히 정해진 약속이 없거든 사람들은 화려한 시계를 사지만 시곗바늘만 쳐다봐 일정하고 위태로운 초침 소리, 오후 네 시를 가리키고

거실에서 한 곳만 응시한 채 떠들고 있는 한심한 놈이 있어 부산 출신 아나운서가 표준말로 또박또박 말을 건넸지 지구 반대편 흑인의 손바닥은 살색이었어 근데 살색은 누가 만든 거야? 뻔하잖아 지루해 자세를 바꿔 네 시를 가리키고 누웠어 이제 시계는 필요 없거든

달력을 뜯어내자 숫자가 쏟아졌어 빨간색은 어디 있지 한참 발밑을 바라보는데 찢겨진 선들의 경계가 희미해지고 있었어 그때부터 나는 모서리에 집착하기 시작했는지도 몰라 그림자를 너에게 들키고 싶지 않아 급하게 현관을 나서다 문에 손이 꼈어 문이 벽이 되는 짜릿한 순간, 이것 봐 네 시를 보면 애매하다니깐

Take3

시작과 동시에 커튼콜

새 폴더

가마우지 갈매기 개개비 거위 고니 곤줄박이 기러기 까마귀 까치 꼬리치레 꾀꼬리 꿩 나무발발이 논병아리 느시 닭 독수리 동고비 두견 두루미 따오기 딱따구리 뜸부기 마도요 말똥가리 매 메추라기 밀화부리 병아리 부엉이 솔개 아비 양진이 어치 억새 오리 오목눈이 옥새 올빼미 왜가리 원앙 제비 조롱이 종다리 지빠귀 직박구리 찌르레기 해오라기

새 이름도 바닥났어 제발 그만 좀 만들어 부탁이야 정 그렇게 나온다면 좀 이상한가 아직도 만드는 겨 어허 더 만들면 후회할 거야 자자 실험은 여기까지

그만해

이름 모를 새가
자판 위에
앉았다

받아 적을 새 없이

새는
어디론가 날아갔다

문을 열 때마다 열쇠가 맞지 않았다

소리가 멈출 때까지
질문을 던지겠습니다
안녕?
나는 무사해
먼지로 사라졌다가
다시 어느 별의 혀가 될 거예요
나의 우주, 나의 집

생각해봐요
행성의 두근거림과
나를 움켜쥔 중력에 대해서

택배들이 문 앞에 서 있습니다
나는
먼지가 떠다니는 소리를 들어요

착륙하지 못한 종이비행기
백지 위에 그리다 만 시계
별들이 보이지 않는 등대의 밤

열쇠가 없어도 문이 열리는 지금

고양이가 사라진 골목에 대해
설명할 수 있겠습니까

주의 사항

제품에 물을 뿌리거나 물이 튀지 않도록 주의하세요
고장 및 누전 화재의 원인이 될 수 있습니다
올라타거나 충격을 가하지 마세요
고장으로 이어질 수 있습니다
무거운 물건을 올려놓지 마세요
제품이 작동하지 않는 결과를 초래할 수 있습니다
덮개 또는 변좌를 무리하게 열거나 닫지 마세요
실례를 범할 수 있습니다
담배 등의 화기류를 변기에 버리지 마세요
까맣게 속이 타들어갈 수 있습니다

나는 오늘도
변기의 원인입니다

다음 중 내가 아닌 것을 고르시오

〈보기〉

① 나
② 우리
③ 나, 너
④ 너, 우리
⑤ 나, 너, 우리

나는 너를 응시한다 나는 틀렸다 보기는 보기 좋게 진열되어 있고 보기 싫은 사람들만 스쳐간다 분명한 건 보기 안에 정답이 있다 나는 보기 좋게 틀린다 면접 볼 때 어디에 두어도 어색한 손처럼 가만히 있질 못한다 무미건조한 해설집처럼 너는 말한다

답이 없다

Copyright

본 시의 저작권은 누구에게나 있습니다

1

우리는 영원히 복사된다

복사는 옳다

Copy is right

의도했든

의도하지 않았든

코끼리는 알을 낳을 수 없어서 커졌다

2

신선하진 않아도, 살아 움직이는

박상준 (민음사) | ★★★★★

2000년대 문학의 탈을 쓴 22세기 시집의 표본

김소영 (문학동네) | ★★★★★

때로는 아찔한 본능으로 때로는 감추고 싶은 부끄러움으로

이광호 (문학과지성사) | ★★★★★

본 시의 의도는 출판사와는 무관합니다

킹피셔

쉬는 날엔 주로 노트북을 켜요
아니요
시를 씁니다만

시인이세요?
시인도 사람입니다

시집은요?
아직 대출금도 다 못 갚았어요

어떤 시를 쓰세요?
사람이 사람을 흉내 내는 시요

(정지 비행)

시인
하지 말 걸
시인
하고 말았다

의

배고파 죽겠다가 배불러 죽겠다고 말하는 입의
지퍼를 내리는 다급한 손의
식탁에 엎드려 자고 침대에서 식사를 하는 습관의
회사는 사람을 구하고 사람은 회사를 구하는 것의
눈을 고치는 안과 의사가 쓴 안경의
장례식장에서 방금 나온 희극인의
사람이 죽었는데 술 담배를 권하는 조문객의
보이지 않는 것을 보인다고 말하는 시인의

우리는 바다 한가운데 떨어진 빗방울

나는
책방에 꽂혀 있는 책

사유할 수 없는 이유의
결말

크레파스 살인 사건

무궁화 꽃이 피었

돌아보기도 전에
등을 치고 달아나는 문장들

아이를 여행 가방에 넣은 사람은
집을 떠나 다신 돌아오지 않으려 한 걸까

얼굴을 가려도 알아볼 수 있잖아
우린 가족이니까

피해자를 진열대에 올려놓고
가해자 얼굴에 뭉개진 바코드를 찍습니다

찍은 사람은 노출되고
찌른 사람이 모자이크 되는

화재가 난 곳을 가리킨 손가락이
화제를 바꾸는 장면입니다

무궁화 꽃이
시들었습니다

카니발니즘

어묵을 먹으면 물고기가 되는 걸까
물고기가 물고기를 삼켜도
물고기일 텐데

용맹한 멜라네시아인의 육체에 깃든
영혼이 폐기되었습니다

섬처럼 떠 있는 당신의 살점이
어찌나 부서지기 쉬운지

영혼을 배당받기 위해선
이름 모를 짐승이 되어야 합니다

사람을 만날 때면
날카로운 갈고리가 눈썹에서 돋아나곤 했습니다

အသည းနှစ အဓေဂ ခ စ*

떨어진

라면

부스러기도

사랑을

한다

* 미얀마어 [동사] 깊게 사랑하다.

잘 알지도 못하면서

함부로 말하지 마세요 거꾸로 매달려 있어도 똑바로 봅니다 머리에 눈이 대부분이지만 실은 냄새에 민감해요 엉덩이가 매력적이네요 당신이 배설한 것들을 기다려요 나의 비행은 늘 불안합니다 무리를 이끌고 당신을 물어뜯으며 번식하죠 탁월한 반사 신경은 공동체의 필수 요소입니다

우리는 창문에서 태어나 윈도우에서 죽습니다 뼈가 없어서 수많은 당신을 낳을 수 있습니다 우글거리는 알들이 딱딱한 껍질을 뚫고 또 다른 비행을 준비합니다 떠다니는 먼지처럼 방향이 없습니다 말을 아껴야 합니다 이 또한 제가 날갯짓을 멈출 수 없는 까닭입니다

비유와 상징

1988 년 3 월 25 일 금 요일*	날씨 비 온 후 갬
일어난 시간 기억나지 않음	잠자는 시간 알 수 없음

	나	는		시	를		모	른	다
시	도		나	를		모	른	다	
쓰	다	만		문	장	이		창	문
을		두	드	리	는		소	리	
굳	게		닫	힌		네		입	술
난		한	뼘	만	큼		자	랐	다

* 63만 3,092분의 1의 확률로 개구리 올챙이 적 생각 못하는 시인이 태어났다.

엑스트라는 마지막에 등장한다

8.5cm

가망이 없습니다 아직 불을 붙이지 않았거든요

7cm

재난 문자처럼 긴 소음을 내며 타들어갑니다 바이탈이 잡히지 않습니다

5cm

국제암연구소에서 선정한 10대 발암 물질로 당신이 선정되었습니다

3cm

깊은 혼수상태에 빠졌다가 지속적으로 생존하고 있습니다

1cm

작자 미상의 시는 진실과 맞닿아 있습니다

오늘 밤이 고비입니다

마음의 준비를 하셔야겠습니다

제로베이스

메뉴판을 훑어보아요 무해한 것은 말수가 적다죠 가지런한 식기와 날이 선 나이프는 유해해요 잠시 옆으로 치워둡니다 나는 주로 메뉴판 가장자리에 있는 것을 선호해요 좀 더 구체적으로 주문할 수 없냐고 묻네요 최대한 말을 아낍니다 아쉽지만 살아 있는 것들은 식탁에 오르지 못해요 쇼케이스에 갇힌 초밥이 싱싱해 보입니다 320개의 밥알이 식탁에서 익어가요 한 사람이 먹기엔 부족함이 없죠 대지의 충만한 기운을 맛봅니다 컨베이어 벨트는 연어를 닮았어요 제자리를 찾아가죠 죽은 것들을 싣고, 접시는 쌓여갑니다 먹어도 먹어도 허기가 져요 아무도 손대지 않은 접시에 자꾸 눈이 갑니다 맞춤법이 틀린 문장처럼 지적하고 싶어져요 이해가 오해가 되기 위해서는 세 접시는 더 먹었어야 하는데 말이죠 다시 한 번 메뉴판을 정독합니다 눈에 익은 것들은 너무 달아요 달면 뱉고 쓰면 삼키는 건 일종의 버릇이죠 말하느라 꼭 먹어야 할 접시를 놓치고 말았네요 다 먹지도 않았는데 배가 아파옵니다 자, 이제 일어나 볼까요 화장실에 가야죠 원점입니다

Take4

120분의 엔딩 크레딧

실내를 등지고 바깥을 향한 테이블 잎이 무성한 나무들 80억 개의 의자와 단 하나의 아틀리에

탄성

거꾸로 세상을 보고 싶었어요

어른들은 몰라요
우리는 모래알입니다 밤새 건져내도 줄지 않아요
아가미로 숨 쉬고 싶어요
얼마나 더 가벼워져야
떠오를 수 있을까요
젖은 단어들이
또, 박 또, 박
말을 걸어옵니다
엄마, 울지마

TV 아래 줄지어 있는 사람들
먹태가 먹먹한 눈을 껌뻑이고
그 옆엔 빨갛게 타오르는 맥주
시커먼 배가 부풀고 단추가 튀어 오릅니다

모텔에는 빈방이 없었고
나는 나를 용서했습니다

사사건건

속보입니다 어제 저녁 서울 시내 한복판에서 믿을 수 없는 일이 일어났습니다(믿음 그것은 또 다른 불신을 낳기 마련입니다) 말이 많을 수밖에 없는 앵커는 머리카락을 쓸어 넘기며 말합니다 과도한 뉴스 시청은 정신 건강에 해롭습니다

사건을 둘러싼 사건들이 사건을 만들고 사사건건 시시비비를 가리는 사람들의 눈동자가 있고 그걸 기록하는 손가락들

당면한 문제를 당연하게 받아들여야만 합니다 고인은 소나기처럼 쏟아져 내렸고 나는 기록합니다 할 수 있는 것이 이것뿐이어서요

마주치는 모든 광고는 당신의 버킷리스트에 담깁니다 범람하는 텍스트 속에 허우적대는 당신을 위해 준비했어요 건물을 올리기 위해 건물을 가리는 행위는 정당방위입니다

끈적한 발이 아스팔트에 눌어붙습니다 서로가 서로를

원하지 않았는데도 내가 지워졌습니다 (나는 제일 아래에 위치해 있습니다) 분명 누군가가 넘어졌는데 도무지 일어날 생각을 안 합니다 한 방향으로만 작동하는 에스컬레이터에 올라탄 기분입니다 자꾸만 자꾸만 앞으로 쏠립니다

죽은 몸은 사고할 수 없어서 사고를 당했습니다 내가 죽었는데 가족들의 신상이 공개됩니다 다 모이지도 않았는데 하나의 문장으로 이어져 있습니다 세상을 떠난 건 나인데 다른 사람의 연락처가 적혀 있습니다 이게 무슨 조화입니까 어이없는 농담에 영정은 홀로 웃습니다 결혼하지 않은 한 커플은 또 다른 죽음을 낳습니다 사고할 수 없는 문장은 사고가 날 때까지 기록됩니다

묻지 마 범죄를 저지른 자에게 사람을 묻는 일이란 아주 쉬운 일입니다 다시 한 번 묻습니다 확실히 묻었습니까 묻고 또 묻습니다

옷에 뭔가가 묻었는지 지워지지 않습니다
어디서 묻었는지 잘 모르겠습니다

괘종시계

기척도 없이
종은 운다

예고 없는 울음은 없다
매달린 것은 발이 없기에

편집을 하다 보면 편집증에 걸릴 거 같아
밖에서 안을 보던 눈은 실명된다

열두 시가 되면은
문을 닫는다

시력을 잃은 바늘은
눈을 마주치지 않는다

기다란 몸통이 좌우로 흔들린다
눈썹 위로 더듬이가 돋아난 내가
묻는다, 왜 그랬어

정 찜찜하면 다시 프린트하면 되잖아

건물을 지탱하는 가장 굵은 기둥
줄에 매달려 흔들리는 형이 내려다본다
흔들리면서

나는 엘리베이터에서 못 내린 채
불 꺼진 버튼을 바라본다

아무렇지 않게
아무런 일도 일어나지 않았다

토끼는 굴속에서 장례를 치른다

구멍으로 빠지는 것들이 많아졌다
긴 잠을 자는 아이들
골목마다 그림자가 피어났다
아무도 저 문을 닫지 않는다
소실점의 뒤꿈치가 걸어온다

비릿한 웃음들
여자의 귀는 길어졌다 매일
웅크린 아이들이 깨어났다
달은 보호색이 없다
쫓기는 것은 의지가 없다

밖으로 나올수록 안으로 소멸하는
구멍의 이빨
공백에서 태어난 울음은
최초의 빛을 기억할 것이다
최후의 어둠을 삼킬 것이다

달을 품은 여자들이 돌을 줍고 있다

진통은 뼈마디마다 오래 머물 것이다

꽃잎의 무게

한 줌의 씨앗이 숲을 이루듯
봄을 가둔 연못을 지나치면 안 된다

가장 가까운 나무와
가장 먼 책상과
당신이 몸을 누일 침대

유순한 나뭇잎의 초록을 열 수 있을까
나이테 같은 밤들이 지나고 있다

꽃잎의 무게만큼
켜켜이 짓이겨진 계절

입을 벌리고 서 있는 겨울나무들은 알 것이다

겨울 숲은, 숲 바깥에서
녹아내리고
겨울 숲 입가에
서려 있는 입김

당신의 나무가 건너편 나무의 그림자이기를
견고한 뿌리가 흔들리지 않기를

그러니까 우리는
봄을 가둔 연못을 지나치면 안 된다

병명 미상

배꼽은 할 말이 많았던 것이다

의사가 자른 탯줄이
병실 바닥에서 몸부림치는 밤이었다
주삿바늘이 살갗을 꿰맬 때마다
수액이 차올랐다
침대가 온통 설원이었다

팔뚝으로 호흡하는 새벽
손등에 떨어진 촛농을 기억한다
눈밭에서
나는 자주 오줌이 마려웠다

아버지가 알콜솜으로 메워지고

침묵은 우리를 할퀴었다
하얀 필름과
번뜩이는 셔터 속에서
우리에겐 보호색이 없었다

사납고 뾰족한 혀의
이목구비가 뚜렷해지는 새벽에는

합정동

물고 뜯고 껌처럼 씹고 뱉고
날카로운 이빨만 남은 것이다

우리는 점점 말이 없어지고

너의 뼈가 내 입에서 가시로 변해갈 때
우리는 점점 말이 많아지고

함부로 벗겨진 옷을 추스를 때
그녀의 음부에서 걷다가, 뛰다가 길을 잃을 때
우리의 언어는 사라지고

야윈 너의 엉덩이에서
단단한 꼬리가 돋아날 때
우리는 어쩌면 말을 잃고

아무도 반성하지 않는 밤
나는
합정동에서 잤다

농담들

손가락이 손가락에게

그림자 없는 광장
과녁 없이 날아간 화살

광고의 곡선들
어두워질수록 분명해지는
사정거리

우리는 우리의 권리를 찾기 위해
경기를 합니다

타자와 투수가 없는 콜드 게임

당신이 자리를 비웁니다
비로소 서로를 이해하기 시작합니다

일부 상품 제외

주인을 기다리는 개를 본다
나이 들면 죽어야 한다고 말하는 사람은
뿌리가 깊고 건강하다

실종된 사람은 시장에 모인다

좌판에 진열된 로드킬의 흔적
저울은 그들의 장례를 치른다

고속도로에서는 좌회전을 하지 않는다
파란 트럭은 같은 말만 반복하고

시선을 양분으로 한 푸성귀
밭을 그리워한다
흘려보낸 물은 왜 전부 스미지 못할까

주인 없는 고양이를 본다
골목은 젖은 몸을 포개고
불 꺼진 가게는 벽이 된다

불안한 구도

우리는 몇백만 광년을 지나
무게 중심을 잃고

지층의 간격에 대해 생각한다
타다 남은 껍질 안에서
늘어난 자궁 안에서
우리의 조각을 진단한다

소행성의 궤도를 읽는다
시간의 맥박이 멈춘다
낯선 땅, 우리의 고향

치열한 만큼 치밀하게
골목에서 우는
아이들, 아이들

비밀번호 #1234*

크게 써 붙여도 자꾸 물어봐요
필요에 의해 필연이 된 문장들

진창이 된 새벽을 지하철에 쏟아놓고
매표소 앞에서 서성이는 발목들

맨홀 구멍으로 호흡하는 남자
환절기엔 나쁜 피가 흐르는 짐승을 조심해야 해

아주 오래된 바람의 늑골
시멘트가 흐른다
어제 만난 손목과 악수한다

더 이상
볼 일이 없을 거 같아

가지 마 나 혼자야

그림자 타이쿤

나는 젖은 나무였다
비가 와도 젖지 않았고
눈이 오면 그대로 얼어붙는

아침에는 죽은 가축의 눈동자처럼
어두워졌고
어두워서 더 잘 볼 수 있었다

뜬눈으로 낮을 지새우고 난 밤이면
늘어지게 하품을 하곤 했다

휘갈겨 쓴 사인처럼
여우비가 내린다

새삼스레 낮달이 눈부시다

종이의 무덤

당신의 책상은 아무렇지 않나요, 쓸 때마다 닳거든요 연필은

당신은 연필을 깎아요 쓰기 위해서, 종이는 당신의 피부예요 껍질이 벗겨진 상처마다 오늘을 새겨 넣어요 거친 살의 음각을 느껴봐요 언제나 쓰이는 것들은 힘이 없어요 단지 기다릴 뿐이죠

우리의 사전에는 자음만 가득해요 읽고 싶은 페이지를 골라 읽을 순 없어요 숨이 막히거든요 사전 속 칼은, 냉정해요 베거나 썰거나 깎는 도구거든요 다른 어떤 것도 할 수 없어요 칼은 칼이니까요

아직 완성되지 않은 단어들이 문장이 될 때, 그때 떠날게요 단단한 살갗을 뚫고 나온 손톱이 연필을 꽉 쥐는 순간

닳아 없어져요, 루머처럼

타르

손가락은 안다 태우면 남는 것들 암세포처럼 온몸을 유영하던 당신이 짓이겨질 검은 이력을 너무 갑갑해요 담배 한 갑 주세요 창이 빽빽한 골목에서 담배만 빽빽 빨아대던 너는 포장지에 갇힌 담배처럼 빳빳했다 짐승처럼 번식하는 세포가 길길이 날뛰다 화석이 되어버린 불 꺼진 방 손톱은 매일 자라났고 나는 담배 연기 그득한 천정에 누렇게 뜬 벽지를 증오했다 신호등이 꺼졌고 차들이 멈췄고 라이터 부싯돌은 닳아 없어졌다 우리의 책상에서 기어 다니는 안경을 찾았다 우리는 한 모금 담배 연기 소용없는 소용돌이 발등에서 자라난 이끼 발가락도 안다 허공을 떠도는 하얀 재를 말기 환자가 거니는 회색 병실을 귓속으로 빨려 들어간 우리의 박물관을 기름때 같은 염증이 달팽이관을 후비고 나는 너를 듣기 위해 귓밥을 만들었다

'시인은 어떻게 단련되는가'에 대한 55편의 기록

박성현

시인 • 문학평론가

1

과연 시인은 운명에 의해 탄생하는 것일까. 박희준 시집을 읽는데 문득 궁금해졌다. 아니다. 질문이 상투적이다. 좀 더 예각하겠다. 한 사람이 태어나고 자라면서 시인이 된다는 것은, 게다가 시인으로 자신의 삶을 꾸려가고 타인에게 영향을 준다는 것은 그 자체로서 한 사람의 삶에 깃든 내재적 필연일까. 혹은 그/그녀가 성취할 수 있는 가능성의 최대치라는 현실화의 한 정점일까. 답이 무엇이든 어떤 공동체에 '시인'으로 등록된다는 것은 자신의 사유와 감정을 그 임계점까지 밀어붙였던 결과인 동시에 그의 이력에 문신과도 같은 변곡점을 찍는 일이다. 때문에 시인이란 그가 자신에게 이끌어내는 모든 필연이고 미래를 향해 기투하는 모든 태도의 징후가 된다.

하지만 여전히 모호하다. 시인은 그가 뽑아내는 운명의 실타래에서 주인이 될 수 있을까. 나의 문장은 오로지 '나'에게 비롯되고 '나'에게 향하면서 끝없이 확장된다고 단언할 수 있을까. 운명이라는 필연이 자연스럽게 삶에 녹아내리고, 끝내는 '나'를 집어삼킬 수 있을까. 다시 말하자. '내'가 시인이 된 것은 '내'가 태어나기 전부터 예정된 일이었을까.

특이하게도 박희준 시인의 시는 이러한 운명론을 의문에 붙여버린다. "크게 써 붙여도 자꾸 물어봐요/ 필요에 의해 필연이 된 문장들// 진창이 된 새벽을 지하철에 쏟아놓고/ 매표소 앞에서 서성이는 발목들"(「비밀번호 #1234*」)에서 그는 필요가 '필연'라는 일종의 사후성事後性을 강요한다고 지적하고 있다. 당연하지만 이러한 강요는 죽은 은유처럼 사람들의 기억 속에 각인되지 못할 뿐더러 그들의 감정을 멈추거나 지속시키게 하지 못하며, 또한 생경하고도 낯설고 서늘한 문장들조차 평범하고 지루하게 만들어버린다. 시인이란 본래 정해진 것들—익숙하고 투명해서 속이 다 비치는—을 낱낱이 해체하고 돌려세움으로써 세계에 활력을 불어넣는 존재가 아닌가. 우연이라는 거대한 강줄기에서 '필연'은 단지 부차적인 현상이다. 혈관에서 피만 나오면 재미없다. 청동의 녹이나 포르말린이 흘러나올 때 세계는 잠에서 깬다.

여기서 시인은 방향을 전환한다. 필연 속에 우연이라는 성호聖號를 교묘하게 새겨 넣고 운명을 산포散布한다. 요컨대, 비록 "비대해진 고환에/ 올챙이가 가득하다/ 나가지 못해 살처분"(「불을 삼킨 개구리」)될지 모르지만, 그는 '1988년 3월 25일 금요일'이라는 어느 특정한 날에, "63만 3,092분의 1의 확률로 개구리 올챙이 적 생각 못하는 시인"(「비유와 상징」)이 태어났다고 쓴다. 여기서 '1'로 향한 도정은 필연이지만, 그 구체적인 과정은 모두 우연의 의지에 의해 좌우된다—경우에 따라 '나'는 얼마든지 '시인'이 아닐 수 있다.

다시 말해, 이 '63만 3,092분의 1'이라는 실로 불가해한 확률은, 시인으로서의 운명적인 '태어남'을 강조하고 또 보강하는 표현이겠다. 하지만 실상은 그렇지 않다. 시인은 이 '확률'을 무한에 가까운 우연들이 서로 쟁명爭鳴하는 치열한 전장으로 치환하고, 그것을 파국으로 몰아세우면서 그가 펼칠 가능성의 최대치로 고양시킨다. 그가 태어난 날은 평범하다. 신화의 서사 같은 극적인 무엇도 없다. 그날은 (기록된 것처럼) 궂은 날씨였다. 비가 왔고 개었으며, 일어난 시간은 기억에 없고 잠자는 시간도 알 수 없다. 다만, 연필로 또박또박 쓰는 글씨 소리와 같은, '쓰

다만 문장이 창문을 두드리는 소리'만 들렸을 뿐이다. '1'은 아직 실체를 갖지 못한다. 그렇지만 어떤 경계를 지나고 문턱을 넘는 순간 그는 시인이 된다. 그런 의미에서 시인으로 태어나는 운명이란 없다. 그는 강철처럼 단련될 뿐이다.

2

거듭 말하지만 '시인'이란 삶의 모든 가능성의 집약이자, 그 분기를 촉진하는 수많은 우연들의 흐름이다. 한 사람이 취할 수 있는 선택은 (그렇다고 해서 사물의 현재가 바로 그 사물이 가질 수 있는 선善의 정점이 되지는 않겠지만) 이 집약과 흐름이 만들어낸 최적의 산물이다. 자신의 의지로 다름 아닌 이 길을 선택했다는 '믿음'을 끊임없이 생성시키고 동시에 그것이 '목적'이라는 일종의 확증적 편향을 끊임없이 상기하도록 한다.

사정이 이와 같으므로 그가 시인이 되고만 것은 말하자면 '신의 주사위'와 같은 '우연의 놀이'라는 것이 점점 더 분명해진다. "시인이세요?/ 시인도 사람입니다// 시집은요?/ 아직 대출금도 다 못 갚았어요// 어떤 시를 쓰세요?/ 사람이 사람을 흉내 내는 시요// (정지 비행)// 시인/ 하지 말 걸/ 시인/ 하고 말았다"(「킹피셔」)라는 문장이 적절히 드러내듯, 시인은 중의적이고도 사소한 우연의 덩어리다(수만은 詩人, 是認……). 왜 아니겠는가. '시인으로 사는 일'은 주사위 표면에 찍힌 숫자로 환치될 수 있지만, 그 '숫자'야말로 실존의 막중한 형식이며 생활의 구체적 리듬이다.

이것이 박희준 시인이 우리에게 던지는 질문의 핵심이다. 그는 시인으로서 받아들인, 세계와 자아의 은밀한 교감, 다시 말해 '세계는 무엇으로 구성되고 우리는 어떤 것을 알고 실천할 수 있는가'가 아니라, '시인으로서 나는 도대체 어떻게 단련되는가'에 대한 경험의 은밀한, 지속적이고 내밀한 장면들을 필사한다. 전자가 타자와의 공통 감각을 통한 자신의 사유를 배분하는 것이라면 후자는 (엄밀한 의미에서) 주체가 지금까지 펼쳐왔고, 또한 앞으로 펼쳐야 할 온갖 주름들(가능성, 라이프니츠)에 대한 '몰입'과 '집중', 그리고 이에 대한 '태도'다. 한 번 더 상기하자. 우연은 필연의 전제이며, 필연은 반드시 우연을 매개로 한다.

이를 웅변하듯, 그의 「에필로그」는 이렇게 노래한다. "무용한 몸통을 관통하는 어떤 것// **무대에 오르지 못한 대사를/ 읊조리는 것**// 아는 것을 안다고 말할 수 없는 것/ 자취를 감춘 양말이/ 복도를 걷도록 내버려두는 것// 싸움이 더 커지기 전에/ 창문을 닫을 것/ **끝나지 않는 것들은 언제나 아름다울 것**// 부풀어 오른 자의식을 터뜨릴 것//

충만해진 죽음을 기꺼이 신부로 맞이할 것// **영원을 약속하지 말 것**"(강조는 필자)—놀랍게도 시인의 손은 자신의 광활한 내륙으로 향해 있으며, 그것이 촉발하는 다양성 기막힌 광휘光輝를 바로 그 자체에서 이끌어낸다.

3

이제 우리는 질문을 바꿀 것이다. '시인은 **어떻게** 단련되는가'[1]라는, 다소 고전적이면서도, 혁명의 맹렬한 타오름을 상징하는, 그리하여 언제든지 우리의 심장을 단호하게 움켜쥘 수 있는 문장으로 말이다. 물론 여기에는 두 가지 전제가 있다. 하나는 "하나의 공동체는 하나의 언어 lingua를 통하여 자연으로 돌출한다."[2]라는 파스칼 키냐르의 정식이 함의하는 바에 따라, 시인으로서 숙성된 문장의 주인이 되기 위해서는 반드시 공동체에 내재한 언어의 속성을 발견해야 한다는 것과 다른 하나는 이 불편하고 서늘한 '속성'에서 시인만의 새로운 '양태'들을 뽑아내야 한다는 것이다.

이 두 전제-속-에서 박희준 시인의 문장은 세계-속-에

---

1 니콜라이 알렉세예비치 오스트롭스키의 소설, 『강철은 어떻게 단련되었는가』 참고.

2 파스칼 키냐르, 김유진 옮김, 『음악 혐오』, Franz, 2017, 29쪽.

서 호흡하는 자의 심장 박동이 된다. 그 문장은 혈관을 타고 돌며 육체의 도처로 향한다. 빠르게 삽투압하면서도 느리고 완만하게 흘러간다. 요컨대, 그는 "아직 완성되지 않은 단어들이 문장"(「종이의 무덤」)으로 형해화된 감각을 적극적으로 구원하는 것이다. 그렇다. 침묵하기 위해서는 먼저 소리를 감싸 안아야 하듯 그는 문장을 완성하기 전에 자신의 언어를 유영해야 한다. 이른바 벌어진 상처와 같은 '부재'만이 존재의 흔적을 드러낸다.

당신이 자리를 비웁니다
비로소 서로를 이해하기 시작합니다
—「농담들」 부분

당신이 자리를 비울 때, 서로를 이해하기 시작한다는 삶에 대한 이 무거운 통찰은 '부재'를 통해서만이 현존을 증명할 수 있고, 그것의 진리치를 가늠할 수 있다는 시인의 직관이 작용한 것이다. 상대방의 말을 잘 듣기 위해서는 무엇보다 나의 말을 지워야 한다. 지움으로써 공백을 만드는, 이 '자리 비움'이란 그 사람에 속한 모든 것—냄새와 색, 무게, 표정, 온도—이 새롭게 출발하는 시작점이기도 하다. 이것이 '이해'의 최초가 아닐까. 비록 농담처럼 친근하면서 때로는 불편하겠지만 그것은 우리를 삶을 투사하고 끄집어내는 내면의 빛이라는 사실은 변하지 않는다.

유통 기한이 긴 말을 골라
빈 그릇에 덜어놓는다

길게 뻗은 식탁에는
허기를 달랠 것이 아무것도 없다

방에는 늘 나 혼자였다
—「언제 밥 한번 먹어요」 부분

"유통 기한이 긴 말"이란 표면적으로는 시인의 명줄을 겨냥하고 있다. 시인이란 그의 '말'(작품을 포함해서)과 더불어 살 수 있는 존재이니 말이다. 그는 시라는 '밥'을 짓는다. 밥이 다 되고 솥뚜껑을 들자 뿌연 해무海霧 같은 수증기가 올라온다. 그는 빈 그릇에 유통 기한이 긴 말만 골라 따로 담는다. 그 '말'을 따로 담는 이유는 단순하다. 그 '말'은 아직 문장으로 고양되지 않았기 때문이다. 순간 튀어나와서 영롱한 빛을 발하지만 하나의 완결된 우주로 고양되기에는 다소 부족한 뭔가가 있다. 그 말은 숙성되어야 하고, 다른 말과 엮여 맥락을 형성해야 하며 그럼으로써 태양계를 만들 수 있다.

그는 지금 먹을 밥그릇에 몇 개의 '말'을 담는다. 식탁에 놓고 허기진 배를 채우려고 하지만, "길게 뻗은 식탁에는" 아무것도 없다. 늘 혼자였으므로 그의 심중에 아무리 은하가 흐른다고 해도 쓸쓸할 뿐이다. 그는 (머릿속에 떠오른) 사람들에게 언제 밥 한번 먹자고 말한다. 그 청유의 간절함은 시를 썼던 자만이 알 수 있겠지만, 간절할수록 농담처럼 가벼워진다. '혼자' 할 수 있고, 오로지 '혼자'만이 해야 하는 산통—데카르트는 '생각하므로 존재한다'고 말한 바 있지만, 박희준 시인은 '혼자이므로 존재한다'고 급격히 수정한다.

때문에 '언제 밥 한번 먹자'는 문장은 '예술가는 고독하다'는 위악僞惡에 가까운 사문死文이 아니다. 언어와 더불어 이미-존재하는 세계의 빈틈없는 톱니바퀴에서 비非-선험적인 '선험'이라는, '그러할 수밖에 없는 것' 혹은 '그러해야만 하는 것'이라는 우연의 논리다. 그는 단호하게 쓴다. "나는 젖은 나무였다/ 비가 와도 젖지 않았고/ 눈이 오면 그대로 얼어붙는// 아침에는 죽은 가축의 눈동자처럼/ 어두워졌고/ 어두워서 더 잘 볼 수 있었다// 뜬눈으로 낮을 지새우고 난 밤이면/ 늘어지게 하품을 하곤 했다// 휘갈겨 쓴 사인처럼/ 여우비가 내린다// 새삼스레 낮달이 눈부시다"(「그림자 타이쿤」)라고. 눈이 오면 그대로 얼어붙는, 또한 죽은 가축의 눈동자처럼 어두워지는 '젖은 나무' 사이로 '여우비'는 내리고 새삼스레 '낮달'은 눈부실 뿐이다.

한 가지 더. 여기서 '여우비'와 '낮달'은 논리(혹은 사유와 감각의 '틀')를 '논리' 자체를 통해 지양하는 객관적 상관물로 고양되며(두 사물은 결여에서 파생된 것이다), 이를 통해 시인은 문장 속으로 확장되어 존재의 신적 현시를 끊임없이 지워버리거나 혹은 가볍게 만들어버린다. 답은 없다는 것이다. 이것은 순전히 '증식'에 대한 욕망과 충동으로, 이를테면 "나는 너를 응시한다 나는 틀렸다 보기는 보기 좋게 진열되어 있고 보기 싫은 사람들만 스쳐간다 분명한 건 보기 안에 정답이 있다 나는 보기 좋게 틀린다 면접 볼 때 어디에 두어도 어색한 손처럼 가만히 있질 못한다 무미건조한 해설집처럼 너는 말한다// **답이 없다**"(「다음 중 내가 아닌 것을 고르시오」, 강조는 필자)라는 문장이나 **"꿈속에서 꿈을 꾸고 있나 보다**// 이제/ 나쁜 피를 흘려보내도 되겠다"(「데드 캣 바운스」, 강조는 필자)는 구절 등에 선명히 각인되어 있다.

4

한편 그는 종이 위에 붙박인 질서 있는 문장들에 본능적인 거부감이 있다는 것을 숨기지 않는다. 「뇌의 전족纏足」에서 그는 "자라나는 걸 막기 위해/ 시집을 묶었"지만, "걸을 수 없는 문장들이/ 오랫동안 사육되"고 만 처참한 비극을 고해하는데, "절뚝이는 단어들이/ 목발을 짚고 돌아다"니고, "깎고 또 깎아도/ 손톱은 더듬이처럼 돋아났"던 것이다. 뇌를 시로 바꿔도 틀리지 않는데, 결국 시인이 아니라, 말들이 박제되고 벽에 걸려 한낱 전리품처럼 전시되는 것이 비극이다.

이를 뒤집으면, 전족이라는 풍습은 말을 가두어 고인물로 만들어버리는 악습이며, 시는 이를 무력화하는 유일한 무기라는 뜻이 된다. 만일 전족에 대한 강력한 저항이 애초에 전족을 하지 않거나, 전족을 풀고 발을 곧게 펴게 하는 것이라면, "기대지 마세요 병 걸린 문장입니다/ 시 아니에요 기대하지 마세요// (중략)/ 그물에 걸린 문장은/ 시에 쓸 수 없습니다/ 햇볕에 잘 말려두세요"(「CCTV」)라는 구절은 이에 대한 진단과 처방을 내포한다. 여기서 시인은 전족처럼 성장이 불허된 말들을, 병에 걸리고 그물에 걸린 문장이라고 강하게 비판하면서 기대거나 쓰지 말라고 말하지 않는가. 애초에 시가 아니므로 그것은 비非-언어이고 버려야 한다.

5

이상에서 살펴본 것처럼, 박희준 시인은 자신의 그 문장이 다다를 목적지를 한정하지 않는다. 답이 존재하지 않는 것처럼 목적지 또한 없으며, 그렇기 때문에 자신을 포함한 '도처'가 가야 할 곳으로 설정된다. '그곳'으로 가서, 멈추고, 스며들고, 뒤섞이며, 마침내 피아彼我가 혼융되는 세계의, 욕망과 충동이 결합하고 도처에 뿌리를 내리며 확장하는.

낯설게도 시인은 이를 '번식'이라는 단어로 표현한다. 가령 "이것은 지문입니까// 네모 속엔 또 다른 네모가 가득합니다// 나는 당신의 방에 갇혔습니까// 창문은 필요 없습니다 네모는 이미 충분합니다// 당신은 가까이 있습니까// 견고한 레고 블록, 무너진 모래성// 우리의 지구본에 찍힌 수많은 지문들은// 파도에 휩쓸려 갔습니까"(「푸른 번식 2」)라는 문장의 '네모'와 '지문'처럼 말이다.

이는 모든 일상을 잠재적 가능성의 영역으로 격상시키는 것이면서 동시에 일정한 조건이 갖춰지면 언제든지 뿌리를 내리는 '리좀'을 실현하는 일이 아닐까. "뼈가 없어서 수많은 당신을 낳을 수 있습니다 우글거리는 알들이 딱딱한 껍질을 뚫고 또 다른 비행을 준비합니다 떠다니는 먼지처럼 방향이 없습니다"(「잘 알지도 못하면서」)라는 문장에 함축된 바, 그는 '우글거리는 알들'을 매개로 하여

자기 자신—우리가 답으로 가정하는—을 지우고 동시에 스스로를 확장한다.

이러한 시인의 의도는 분명한 바, 이른바 중앙집권적 통일성을 해체하고 붕괴시키고자 하는 이 '목적지-지우기'는 그가 자신을 시인으로 단련하는 최적의 방식이다. "먼지로 사라졌다가/ 다시 어느 별의 혀가 될 거예요/ 나의 우주, 나의 집// 생각해봐요/ 행성의 두근거림과/ 나를 움켜쥔 중력에 대해서"(「문을 열 때마다 열쇠가 맞지 않았다」)라는 문장처럼, 그는 '먼지', '별의 혀', '나의 우주', '집'으로 미끄러지면서 중력의 단단한 결합을 중지시킨다.

> 착륙하지 못한 종이비행기
> 백지 위에 그리다 만 시계
> 별들이 보이지 않는 등대의 밤
> 열쇠가 없어도 문이 열리는 지금
>
> 고양이가 사라진 골목에 대해
> 설명할 수 있겠습니까
> —「문을 열 때마다 열쇠가 맞지 않았다」 부분

종이비행기는 계속 공중을 이동 중이고, 시계는 여전히 백지 위에 무늬를 새기고 있다. 별은 보이지 않지만 등대는 빛을 낸다. 이러한 상황은 역설적으로 폐쇄가 아닌 '열림'을 전제로 한다. 최종 사태를 끊임없이 지연시키면서 중력장이라는 그물에 포획된 수많은 짐승들을 산포散布시키는 것. 이런 의미에서 "열쇠가 없어도 문이 열리는 지금"이라는 문장은 존재가 가진 개방성에 대한 알레고리가 된다. 그는 문을 '엶'과 동시에 그것을 열었던 '열쇠'—'어떻게'의 물질적이고 상징적인 표현—를 지우면서 리좀의 특이성을 향해 다가간다.

그런데 이 끝없이 분열하고 생멸生滅을 거듭하는 무량의 세계는 시인에게 속한 것이 아니다. 그의 실존과 무관한, 단지 언어에 의해 소진되는 '머릿속'의 일들이 아니라는 말이다. 그것은 이미 만들어져 있고, 시인은 모든 가능성을 고려해 다만 호명과 지우기를 반복할 뿐이다. "방은 또 하나의 방으로/ 문은 또 하나의 허공으로/ 숨소리를 지우는 작은 목소리들// 아무데도 아닌 곳에서/ 아침은 시작"(「푸른 번식 1」)되는 것이다. 따라서 그 세계는 "글밥을 먹지 않아도/ 배부른 문장"이며, "사랑이라는 말"을 "가장 무해한 형태로/ 나열"할 수 있고, "뜻밖의 고백에도/ 놀라지 않"으므로, "오랜 허기를 달래"줄 수 있는 자기 자신만의 '올곧음'을 가진다(「한글의 위대함」).

우리는 몇백만 광년을 지나
무게 중심을 잃고

지층의 간격에 대해 생각한다
타다 남은 껍질 안에서
늘어난 자궁 안에서
우리의 조각을 진단한다

소행성의 궤도를 읽는다
시간의 맥박이 멈춘다
낯선 땅, 우리의 고향

치열한 만큼 치밀하게
골목에서 우는
아이들, 아이들
—「불안한 구도」 전문

어느 날 시인은 크고 날카롭고 부드러우면서도 따뜻한 소리를 듣는다. 도무지 지상에서 항상 듣는 상서로운 소리는 아니다. 출처가 어딘지, 그 정체를 알기 위해 창을 연다. 바람과 달빛이 서늘하고, 바람과 달빛에도 그 소리가 묻어 있다. 중력에 이끌리는 소리가 아니니 구름 위의, 어쩌면 그보다 먼 곳이겠다. 눈앞에 보이는 수많은 "지층의 간격"에도, "타다 남은 껍질"에도, "늘어난 (지구의) 자궁"에도 그 소리의 조각들이 떨어져 스멀거리고 있다. 마음만이 들을 수 있는 그 소리는, "몇백만 광년을 지나/ 무게중심을 잃고" 불시착한 별들이 운행했던 소리일지도 모르겠다.

다시 시인은 창을 활짝 연다. 숨을 들이킬 때마다 그 소리는 폐에서 터져 나와 혈관을 거쳐 온몸의 세포에 도달한다. 동공이 확장되는 느낌도 든다. 그는 소행성의 궤도를 떠올린다. 우주의 빈틈없는 암흑을, 또한 한 치의 착오도 없이, 우주의 물리적 법칙을 거스르지 않고 돌고 도는 소행성이란, 시인에게 시간의 맥과 박동을 알려준 '낯선 땅'이자 '우리의 고향'이다. 그런데 왜 그는 소행성의 운행을 느끼면서 불안 또한 감지하는 것일까.

이유는 단순하다. 바로 그 소행성의 흐름이 시인의 내면에서 움터오는 '시'를 향한 열정이기 때문이다. "아무도 읽지 않을 걸 알면서도"(「각주의 정의」) 써야 했던, "돌아서는 발끝에/ 곰팡이로 피어나는 말// 끝끝내 시들어가면서도/ 해야 할 말"(「시인의 말」)이 시인의 내륙을 유유히 흘러가고 있는 것이다. 우주의 성호聖號와 함께 확장되는 불안, 그러나 결코 피할 수는 없다. 그러한 까닭에 시인은 좀 더 치열하고 치밀해지기로 결심한다. 더욱더 올곧아지

기로 다짐한다: "치열한 만큼 치밀하게/ 골목에서 우는/ 아이들"의 난만爛漫함이 "방은 또 하나의 방으로/ 문은 또 하나의 허공으로/ 숨소리를 지우는 작은 목소리들"(「푸른 번식 1」)처럼 시인의 내면에서 증식하기 시작한다.

6

하지만 이 증식은 말처럼 쉬운 일이 아니다. 그는 고독과 고립과 외로움과 착란과 우울과 싸워야 하며, 압착되는 그 거대한 중력에서 스스로를 지켜야 한다. 그는 자신을 계속 "우리는 바다 한가운데 떨어진 빗방울// 나는/ 책방에 꽂혀 있는 책// 사유할 수 없는 이유의/ 결말"(「의」)로 분열시킨다. "본 시가 청소년에게 노출되기 부적합한 단어가/ 포함되어 있습니까?/ 겨드랑이는 누구에게나 있는걸요// 불편해요?"(「겨드랑이 갤러리」)라며 자신을 검증하고 "본 제품은 소비자 분쟁 해결 기준에 의거/ 완전식품이 아닌 것을 밝힙니다/ 마셔도 마셔도 갈증이 나는 이유입니다/ 누군가 태어났습니다/ 교환 또는 보상받을 수 없"(「우유는 건강해야 한다」)을지 모른다는 의심을 거두지 않는다.

이것만이 전부는 아니다. 그는 항상 "먹어도 먹어도 허기가 져요 아무도 손대지 않은 접시에 자꾸 눈이"(「제로

베이스」) 가며 "새 이름도 바닥났어 제발 그만 좀 만들어 부탁이야 정 그렇게 나온다면 좀 이상한가 아직도 만드는 겨 어허 더 만들면 후회할 거야 자자 실험은 여기까지// 그만해// 이름 모를 새가/ 자판 위에/ 앉았다// 받아 적을 새 없이"(「새 폴더」) 어디론가 날아가는 새를 하염없이 바라본다. 자동-증식되는 사물에 대해 무방비 상태로 던져진 그 처참한 기분이란 견뎌내기에는 쉽지 않다. 그럼에도 불구하고 그는 정확히 알고 있다. 이것이 '단련'의 불가피한 과정임을, 무쇠를 망치질할 때 지독한 악취가 날 수밖에 없다는 것을, 그리고 그것을 견디는 자만이 대장장이로 완성된다는 것을.

7

다시 최초의 질문으로 돌아가자. 시인은 운명일까. '나'의 타고남에 따라 그 운명은 결정되었던 것일까. 지구의 탄생과 더불어, 아니 우주의 '빅뱅'과 더불어 그 시작은 예고되었던 것이고, 신은 이 '흐름'을 단단하게 결정結晶화하고 최종 목적이 되도록 실행했던 것일까. 만일 그렇다면, 박희준 시인은 왜 "장례식장에서 태어"나고, "절필한 작가와 친해"지며, 또한 "접어놓은 책날개가/ 스스로 펴질 때까지// 기다"(「프롤로그」)리겠다고 선언했을까.

단순히 시인을 운명으로 받아들였다면 도무지 이해되지 않는 부분이 많다.

때문에 박희준 시인은 작품을 통해 '시인'을 그 기원으로부터 분리시키고, 동시에 '어떻게'와 연결시켰으며, '단련'이라는 단어로 문장의 미숙한 부분을 완결하려 했던 것이다. 시인은 (그러한 측면도 충분히 있겠지만) 운명이 아닌, 오로지 단련되는 존재다. 그래서 "방금 출간된 책이 다시 나무가"(「책은 늙지 않는다」) 되어야 한다고 선언해야 하는 것이다. 요컨대, "출구가 없는 입구를 찾"(「바리새인」)듯, 욕망과 충동을 그 자체로써 바라볼 때야 비로소 "정착한 것들이 항로를 찾고/ 익숙하지 않은 곳에서/ 잠들"(「고시텔」)게 될 것이다.

그리고
터널 속에 터널이 있다
궤도를 이탈한 의자의 모서리들
손잡이는 뒤틀리며 휘어지고

흩어지며 포개지는 사람들
발바닥의 맥박이 들린다면
우리가 터널 밖으로 나간다면
또 다른 의자를 만들 수 있을까

사이의 감정과
사이의 얼굴과
사이의 반복과

바퀴에도 각이 있다
나는 준비되지 않았을 뿐
아무도 알아보지 못할 것이다

거대한 그늘 밑
비행을 준비하는
앞뒤가 없는 활주로

나는 자주 책상을 지나쳤다
—「나는 자주 역을 지나쳤다」 전문

단련의 기본 조건은 무엇일까. '단련'은 타자와의 대칭, 혹은 양립과는 상관없다. 그것은 자기 자신만을 전제로 하며, 타자를 매개로 삼지 않는다. 일종의 자기-돌봄이라는, 스토아적 수행을 규범적 심급으로 삼는다. 단련의 과정에서 '나'는 교정의 대상이 아니다. 주체의 '의지'로서 보다 높은 상태로 고양시켜야 할 존재가 되며, 오직 그러한 흐름만을 주체는 자기 자신에게 허락해야 한다. “아무도 없기에 아무것도 없”(「나는 샤워할 때 오줌을 눈다」)다는 무해한 결론이 하나의 최초가 될 때까지.

하지만 쉽지 않다. 증식은 암세포처럼 주체의 의지와 전혀 상관없을 때가 있기 때문이다. 가령 “속보입니다 어제 저녁 서울 시내 한복판에서 믿을 수 없는 일이 일어났습니다(믿음 그것은 또 다른 불신을 낳기 마련입니다)”(「사사건건」)라는 문장이 지적하듯, 연일 언론은 속보를 쏟아내지만 그 ‘속보’는 독이 될 때가 많다. 이것은 속보가 또 다른 속보를 통해 거대한 공백을 만들어내는 증식의 어둡고 부정적인 부분이다. 인용한 시로 본다면 터널 속에 또 다른 ‘터널’이 존재: 터널 속의 터널에서 “궤도를 이탈한 의자의 모서리들”은 손잡이가 뒤틀려 휘어져 있다. 또한 그곳을 걷는 (혹은 생활하는) 사람들은 항상 흩어지거나 포개져 있다. 더 불행한 것은 왜곡된 사물들이, 그 ‘왜곡’을 당연한 일로 받아들인다. 사유와 감각조차 우리가 자명하다고 여기는 상태로부터 한참 멀다. 바퀴에도 각이 있다니!

문제는 이 터널이 끊임없이 스스로 공백을 산출한다는 것이다. 터널은 터널을 뚫고, 그 터널은 더 깊은 심연을 만들며 터널 속에 터널을 만들어낸다. ‘감정’과 ‘얼굴’과 ‘반복’이 그 사이를 횡단하며 ‘종’縱을 만드는 것이다. 각은 모서리뿐만 아니라 바퀴에도 각을 파낸다. 터널들은 사물을 폐쇄시킨다. 때문에 준비되지 않았다면, '나'는 그 누구도, 그 어떤 사물도 알아보지 못하게 될 수 있다. 인식의 붕괴는 내면의 파열을 초래한다는 것을 상기한다면 '나'의 무의식이란 "나는 오늘도/ 변기의 원인입니다"(「주의 사항」)라는 기괴한 도착을 용인하게 된다.

그럼에도 불구하고 시인은 이 '무한-터널'의 불가피함을 지나치지 않는다. 단련이란 터널을 외면하거나 지우는 것이 아니라 오히려 그 사태를 받아들이고 끝이 보일 때까지 밀고 나가는 것이다. 그는 자주 책상을 지나친다. 그 '책상'이야말로 시 속의 온갖 이미지가 생성되는 "봄을 가둔 연못"(「꽃잎의 무게」)과 같은데, 그는 의도적으로 지나쳐버린다. 왜일까. 이 또한 '단련'이라는 명사화된 동사의 고유한 무게와 관련되어 있는 바, 그는 책상을 지나면서 터널의 깊이를 가늠하며 '책상'을 "거대한 그늘 밑/ 비행을 준비하는/ 앞뒤가 없는 활주로"를 설계한다. "죽은 척할 때/ 비로소 완성되는/ 대사"(「아가씨는 주어고, 아저씨는 목적어」)와 같은 이율배반의 진리: "밖으로 나올수록 안으로 소멸하는/ 구멍의 이빨/ 공백에서 태어난 울음은/ 최초의 빛을 기억할 것이다/ 최후의 어둠을 삼킬 것이다// 달을 품은 여자들이 돌을 줍고 있다/ 진통은 뼈마디마다 오래 머물 것이다"(「토끼는 굴 속에서 장례를 치른다」)라는. 그러므로 박희준 시인의 단련은, 어둠을 끝까지 밀고 가는 것이고, 더 이상 빛이 들지 않을 때까지 빛을 삼키는 것이며, 말이 침묵으로써 자신의 진리를 드러낼 때까지 말을 멈추지 않는 것이다.

기척도 없이
종은 운다

예고 없는 울음은 없다
매달린 것은 발이 없기에

편집을 하다 보면 편집증에 걸릴 거 같아
밖에서 안을 보던 눈은 실명된다

(중략)

아무렇지 않게
아무런 일도 일어나지 않았다
—「괘종시계」 부분

'종'이 운다. 아무런 기척도 없이 스스로 들리며 자신의 내면을 뒤흔든다. 그러나 매달린 것은 발이 없으므로, 그 '종'의 울음도 어떤 '기척' 혹은 '예고'를 가져야 한다. 편집중에 걸릴 것 같더라도 편집을 해야 하고, 실명될지라도 밖에서 안을 봐야 한다. 그렇다. '기척'과 '예고'는 틀림없이 존재한다. 다름 아닌 흔들림으로써 말이다. '내'가 '나'를 잊어버리고 또한 모조리 소진할 만큼 또한 무쇠가 검이 되기 위해서는 반드시 시뻘겋게 달궈져야 하듯이. 귓밥이 쌓일 정도로 너의 말을 들어야 비로소 이해에 도달할 수 있듯이("나는 너를 듣기 위해 귓밥을 만들었다", 「타르」). ❷

달아실시선 69

안 봐도 비디오

1판 1쇄 발행 2023년 9월 22일

지은이 박희준
발행인 윤미소
발행처 (주)달아실출판사

책임편집 박제영
디자인 전부다
법률자문 김용진, 이종진

주소 강원도 춘천시 춘천로 257, 2층
전화 033-241-7661
팩스 033-241-7662
이메일 dalasilmoongo@naver.com

출판등록 2016년 12월 30일 제494호

ISBN 979-11-91668-86-5 03810

* 이 책은 강원특별자치도, 강원문화재단 후원으로 제작되었습니다.